August von Kotzebue

Die edle Lüge - Schauspiel in einem Aufzuge

August von Kotzebue

Die edle Lüge - Schauspiel in einem Aufzuge

ISBN/EAN: 9783743644168

Hergestellt in Europa, USA, Kanada, Australien, Japan

Cover: Foto ©Andreas Hilbeck / pixelio.de

Weitere Bücher finden Sie auf **www.hansebooks.com**

Die edle Lüge.

Schauspiel in einem Aufzuge

von

August von Kotzebue. *(Friedrich Ferdinand)*

Fortsetzung

von

Menschenhaß und Reue.

Leipzig,
bey Paul Gotthelf Kummer, 1792.

nicht einen andern unbekannten Wohnort angewiesen, fern von der Scheelsucht der Menschen, fern von ihren Convenienzen und Zwischenträgereyen. Uebrigens war es Hr. Z. wohl erlaubt, mein Schauspiel fortzusetzen; aber nicht, Menschen vom Tode wieder zu erwecken, welche ich mit gutem Vorbedacht umgebracht hatte, und dadurch den wichtigsten Umstand zu vernichten, welchen man bey **Meinau's** Verzeihung nie aus den Augen verlieren muß.

A. v. Kotzebue.

Personen.

Baron Meinau, unter dem Namen Mayfeld.

Eulalia.

Wilhelm und Maldchen } ihre Kinder 6 und 7 Jahr alt.

Baron von der Horst, Major in Französischen Diensten.

Der alte Diener Franz.

Röschen, Stubenmädchen.

Conrad, Jägerbursche.

Die Scene ist in der Schweiz auf der kleinen Insel Meinau im Constanzer See.

doch schon Abend wäre, und auch Alles schon vom Herzen herunter wäre! — Ja, heute oder nie! — Frisch Röschen! die Frau ist ja so gut, und der Herr ist so gut — Aber eben deswegen! Wie werde ich ihnen sagen können, daß ich nicht auch so gut bin als sie? — Einem Bösen etwas Böses entdecken, das scheint mir leicht. Aber wenn man die Augen nicht aufschlagen darf vor dem mit dem man redet, o das ist eine häßliche Empfindung!

Zweyte Scene.

Röschen. Conrad (steckt den Kopf durch die Thür)!

Conrad. Röschen!

Röschen. Ach Conrad! Bist du auch schon wach?

Conrad. Schon? denkst du denn ich hätte geschlafen? (Er kömmt näher.) Mir ist gar wunderseltsam zu Muthe.

Rös-

Röschen. Geh leise, sprich leise, die Herrschaft schlummert noch.

Conrad. Ja, sie hat gut schlummern, Eines in des Andern Armen. In deinen Armen, liebes Röschen, wollt' ich schlummern bis an den jüngsten Tag.

Röschen. (weinerlich) J nu, Conrad, vor Gott bin ich doch schon dein Weib.

Conrad. (eben so) Das bist du.

Röschen. Und fügt uns nicht die Hand des Pfarrers zusammen, so thut es doch der Tod. Dann will ich mich neben dir begraben lassen, dann schlummern wir doch neben einander, du und ich, und unser Kind.

Conrad. Ja Röschen, auf dem Kirchhofe unter der großen Linde, wo der Hollunder über die Mauer ragt. (Beyde schluchzen. Pause.)

Conrad. (treuherzig) Aber meynst du nicht auch Röschen, es sey besser, mit dem Grabe nicht so sehr zu eilen? Wir könnten noch

man-

manchen Spas in der Welt haben, und der Tod wird uns doch nicht entlaufen.

Röschen. Freylich wohl.

Conrad. (dessen Gesicht sich erheitert) Denk dir so ein halbes Dutzend Flachsköpfe um uns herum, wie ein Jeder seinen Fladen in der Hand hält, und du dem jüngsten Brey ins Maul stopfst.

Röschen. (plötzlich heiter und in sich lachend) Und wie ich des Abends vor der Hütte auf dich warte, und dann die ältesten Buben herbey laufen und schreyen: der Vater kommt! der Vater kommt!

Conrad. Wie ich dann mit der vollen Jagdtasche hereintrete —

Röschen. Und ich dir einen Trunk Margräfler entgegen bringe —

Conrad. Und ein Stück alten Sennerkäse —

Röschen. Und wie die Kinder dann an dir hangen —

Con-

Conrad. Neugierig in die Jagdtasche schielen —

Röschen. Dich auskleiden helfen —

Conrad. Mir die warmen Socken bringen —

Röschen. Sich ins Grüne mit uns lagern —

Conrad. Sich balgen und Burzelbäume schlagen —

Röschen. Bis die Sonne hinter den Gletschern untergeht —

Conrad. Nun dann gehn wir in die Hütte —

Röschen. Und beten all mit einander den Abendseegen —

Conrad. Und singen ein Lied —

Röschen. Und legen uns wohlgemuth schlafen —

Conrad. Eines in des Andern Armen —

Röschen. Die Flachsköpfe rings um uns her —

Con-

Conrad. Die schnarchen bis an den hellen Morgen —

Beyde. Ha! ha! ha! (Pause.)

Röschen. (trübselig) Aber Conrad, wir haben ja noch keine Flachsköpfe.

Conrad. J nu Röschen, wo der Eine sich gefunden hat —

Röschen. Nein Conrad, du sollst mich nicht zum zweytenmal bethören.

Conrad. Ich meyne, wenn der Pfarrer erst den Seegen drüber gesprochen hat.

Röschen. Ja das meyne ich auch.

Conrad. (trübselig) Aber Röschen, — wir haben ja noch keine Hütte —

Röschen. Keine Milch —

Conrad. Keinen Käse —

Röschen. Keinen Wein —

Conrad. Keine Betten —

Röschen. Und wenn wir nun der Herrschaft sagen, wie wunderlich es uns ergangen ist —

Con-

Conrad. Und sie uns beyde aus dem Hause jagen —

Röschen. Ach Conrad!

Conrad. Ach Röschen! (beyde schluchzen. Pause.)

Röschen. (mit einem tiefen Seufzer) Heute wirds entschieden.

Conrad. Ja heute!

Röschen. (seine Hand auf ihre Brust legend) Fühle wie mir das Herz pocht.

Conrad. (eben so) Mir wie ein Eisenhammer.

Röschen. Es muß doch wohl was Böses seyn, was wir gethan haben, weil uns die Herzen so pochen.

Conrad. (sich hinter den Ohren kratzend) Ja was Gutes ists freylich nicht.

Röschen. Aber es kann noch Alles gut werden.

Conrad. Wenn die Herrschaft uns den dummen Streich verzeiht.

Rös-

Röschen. Wissen wir doch selbst nicht, wie es zugegangen ist.

Conrad. Ich wahrhaftig nicht!

Röschen. Ich auch nicht. — Sieh nur Conrad, heute ist des Herrn Geburtstag, da ist immer Alles so froh und heiter, und da hab' ich oft sagen hören: wenn die Leute recht froh sind, so sind sie auch aufgelegt, allen Menschen Gutes zu thun.

Conrad. Zu vergeben und zu vergessen.

Röschen. Drum will ich mir ein Herz fassen, und heute dem Herrn Alles sagen, und ihn bitten, daß er bey der Frau ein gutes Wort für uns redet.

Conrad. Er wirds gewiß thun, er ist ein guter Herr.

Röschen. Und sie eine liebe freundliche Frau.

Conrad. Ja das ist sie. Gott lasse sie lange leben! (Beyde heben ihre Hände gen Himmel.)

Rös-

Röschen. Auf den Sonntag wollen wir recht andächtig für sie beten.

Conrad. Alle Sonntage!

Röschen. Und weißt du was Conrad, wenn ich sehe, daß der Herr finster aussieht, so geh ich zu dem freundlichen Fremden, der gestern Abend spät ankam —

Conrad. Zu dem freundlichen Fremden? Was willst du denn bey dem thun?

Röschen. Je nun, er ist ein alter guter Freund von unserm Herrn. Sie nannten ihn Horst. Unser Herr soll ihn gar gewaltig lieb haben. Der alte Franz war ihm entgegen gegangen bis an den See, und hat ihn heimlich und verstohlen ins Haus geführt, daß der Herr ihn nicht eher sehen sollte, bis heute an seinem Geburtstage. Sie wollen ihm eine heimliche Freude machen. Den will ich bitten, dem wird der Herr nichts abschlagen. Meynst du nicht auch lieber Conrad?

Con-

Conrad. (sich im Kopfe kratzend) Hör' einmal Röschen — wenn ich so hin und her sinne — so denke ich — der Herr wird dem Fremden nichts abschlagen — der Fremde wird Dir nichts abschlagen — und du wirst dem Fremden nichts abschlagen. Nein! Nein! laß das lieber bleiben!

Röschen. Ha! ha! ha! Du bist ein Narr!

Conrad. Ja auf diese Art könnte ich's am leichtesten werden.

Röschen. Geh, geh, mich dünkt ich höre die Frau. Und wo mir recht ist, so befahl dir der Herr gestern Abend, heute schon vor Tage auf den Anstand zu gehen?

Conrad. Freylich befahl er es.

Röschen. Warum bist du denn nicht gegangen?

Conrad. Dumme Frage! — Leb wohl!

Röschen. Adieu!

Conrad. (wieder umkehrend) Höre Röschen — wenn du mich lieb hast — so laß

den

den Fremden in Ruhe. Sieh, es schickt sich nicht, du möchtest ihm beschwerlich fallen.

Röschen. J wenn dirs Unruhe macht —

Conrad. Ja es macht mir Unruhe.

Röschen. Nun, so will ich mit dem Herrn selber reden.

Conrad. Thu das. Leb wohl.

Röschen. Adieu. — Wo willst du denn hin?

Conrad. Auf den Anstand.

Röschen. (lachend) In des Herrn Schlafzimmer?

Conrad. Ja so (er geht durch die Mittelthür ab.)

Röschen. Ein guter Mensch, ich habe ihn recht lieb. Es ist doch närrisch, wenn man sich so lieb hat. Wer nur das zuerst erfunden haben mag. Es muß ein gescheuter Mann gewesen seyn.

Dritte

Dritte Scene.

Eulalia (völlig aber sehr einfach gekleidet) **Röschen.**

Eulalia. Guten Morgen Röschen, hohle meine Kinder, und die Blumen, die hinten im Gartenhause liegen. (Röschen geht ab.)

Eulalia. (blickt durchs Fenster) Ein schöner heiterer Tag. Nun Eulalia, sey auch einmal recht heiter und froh! vergiß, wenn du kannst, vergiß nur heute, daß der Genuß solcher Tage nur Lohn der Unschuld und Tugend seyn sollte. — Ach! dieser ewige Stachel in meinem Herzen! diese Dornen, die mich überall verwunden, so oft ich das kleinste Röschen brechen will, das auf meinem Wege blüht! — Hinweg! hinweg! daß nicht der frühe Morgen auf den ganzen übrigen Tag die Spur der Gewissensbisse auf meine Wange grabe. — Heute ist der Geburtstag meines Gatten! die

Natur

Natur lächelt rings um mich her. Die Gegenwart ist so freundlich, hinweg mit der Vergangenheit! — (Sie geht an die eine Seitenthür und klopft leise.)

Horst (inwendig). Wer klopft?

Eulalia. Ich, lieber Herr Major. Es ist schon halb sechs. Mein Mann wird bald aufstehen, sind Sie angekleidet?

Vierter Auftritt.

Eulalia. Horst. (öffnet die Thür.)

Horst. Guten Morgen, gnädige Frau! Ich habe wenig geschlafen. Die frohen Scenen, die Sie mir gestern Abend in der Eil mit ein paar Pinselstrichen hinzeichneten, sind die ganze Nacht vor meiner Phantasie herum gewandert.

Eulalia. Ich verspreche mir viel Freude, und die größte durch die überraschende Umarmung seines liebsten Freundes.

Horst. Machen Sie mich bekannt mit der Rolle, welche ich zu spielen habe.

B 2 Eula=

Eulalia. O nichts, gar nichts! Sie bleiben in Ihrem Zimmer und lauschen ein wenig an der Thür. Da werden Sie hören, wie meine Kinder ihn mit Glückwünschen empfangen, und wenn das vorbey ist, und er etwa ein wenig abgewendet steht, nun so kommen Sie heraus und stürzen ihm plötzlich in die Arme. — Den Mittag essen wir im Grünen, den Nachmittag rudern wir auf dem See, den Abend tanzen die Bauern auf dem Rasenplatze, und wir illuminiren mit Pechkränzen. Nun wissen Sie alles. Ich höre meine Kinder. Gehn Sie! gehn Sie! (Sie schiebt ihn in sein Zimmer.)

Ich bin so froh, daß er gekommen ist, und doch drückt mich seine Gegenwart. Sein Anblick versetzt mich wieder auf Wintersee, und schärft von neuem jeden kleinen Stachel, den die Zeit abgestumpft hatte. Nein, ich ward nicht zur Verbrecherin geboren, denn ich kann mich gar nicht an den Gedanken gewöhnen, daß ichs bin. Immer ist er mir

mir fremd, immer stutze ich dafür, und
selbst mitten im Wirrwarr froher Geschäffte,
wo sonst jeder Kummer sich Stundenlang
vergißt, ist er eine Spinne, die aus dem
Kelche der Blume hervorkriecht, die ich un-
befangen brach.

Fünfte Scene.
Der alte Franz führt die beyden Kinder herein. Röschen bringt einen Korb voll
Blumen und Blumenguirlanden, und
geht ab.

Die beyden Kinder. Guten Morgen liebe Mama. (Sie küssen ihr die Hand.)

Eulalia. Guten Morgen Kinder! Guten Morgen Franz. Hast du alle Anstalten
auf den heutigen Tag getroffen?

Franz. Alle! O schon seit vierzehn Tagen habe ich hier und da ein Viertelstünd-
chen abgestohlen, damit es heute an nichts
mangeln sollte. Sie wissen, gnädige Frau,
der Herr läßt mich selten von der Seite, weil

wir

wir immer im Felde und im Garten mit einander zu thun haben, da habe ich ordentlich auf meine alten Tage lügen und betrügen müssen, wenn er frug: nun Franz! wo bist du so lange gewesen? Die Schnitter und die Hirten sind bestellt, die Bänder sind ausgetheilt, die Milchmädchen werden sich gar stattlich heraus putzen, und ich selbst — ja ich will heute auch noch ein Tänzchen machen.

Eulalia. Thue das, guter Franz. Wir wollen einen Reihen mit einander anführen.

Franz. Ach liebe gnädige Frau! (er will ihr den Rock küssen, sie reicht ihm die Hand.) Nein, von einem solchen Engelleben, wie wir hier auf dieser kleinen Insel führen, hat mir nie geträumt. Solch ein Tag wie der heutige — ach! nur einen solchen Tag im Jahre, auf den man sich zwölf Monate lang freuen kann — (heimlich und vertraut) Ich habe auch ein kleines

Prä-

Präsentchen für den Herrn, ich hab' es aus meiner kleinen Sparbüchse verschrieben, es ist vor wenig Tagen angekommen; ein Scheffel Wasa-Roggen aus Schweden, er hat lange gewünscht, Versuche damit anzustellen.

Eulalia. Fast wirst du mich eifersüchtig machen. — Nun Kinder! habt ihr heute auch schon für den Vater gebetet?

Wilhelm. O Ja.

Malchen. Für Vater und Mutter.

Eulalia. Aber wißt ihr auch, daß ihr heute, an des Vaters Geburtstage, Gott noch inbrünstiger danken müßt, daß er euch einen solchen Vater gab? Kommt! thut das jetzt mit mir. (Sie knien nieder, die beyden Kinder, mit gefalteten Händen neben ihr.)

Wilhelm. Wir danken dir Gott, daß du den guten Vater uns gabst!

Malchen. Und bitten dich, du wollest ihn noch lange, lange leben lassen.

Eula-

Eulalia. Höre Gott das Flehen dieser Unmündigen!

Franz. (Sehr bewegt) Erhöre es, lieber Gott! (Eulalia und die Kinder stehen auf.)

Eulalia. Nun geschwind! laßt uns die frischen Blumen ordnen. (Sie nimmt den Korb, Franz hilft ihr, die Kinder hüpfen emsig herum. Die Thür von Meinaus Schlafzimmer wird bekränzt, ein Sessel in die Mitte der Bühne geschoben, und rings um mit Blumen bestreut.)

Eulalia. Jetzt schleiche dich hinein Franz, und wenn er erwacht, so gieb uns einen Wink. (Franz ab.)

Eulalia. Da Kinder, nehme jedes von euch noch einen großen Blumenstrauß, den überreicht ihr dem Vater, ihr wißt schon wann.

Wilhelm. O wir wissen wohl.

Eulalia. Ihr habt doch eure Verse nicht vergessen?

Mal-

Malchen. O nein! willst du sie hören, Mutter?

Wilhelm. Lieber Papa, der Wilhelm ist da —

Eulalia. Stille! stille! ich glaube euch schon. — Mich dünkt, ich höre ein Geräusch.

Franz. (steckt den Kopf durch die Thür) Er kömmt.

Eulalia und die Kinder (zugleich) Er kömmt! Er kömmt! (Sie ergreift mit jeder Hand eines ihrer Kinder, und geht auf die Thür des Schlafzimmers zu, aus welcher Meinau in diesem Augenblick heraustritt.)

Sechste Scene.
Meinau. Vorige.

Alle. (ihn umringend, und an ihm hangend) Guten Morgen! guten Morgen!

Meinau. (froh verwundert) Nun? Was ist das? Was soll das seyn? (er besieht die Thür seines Schlafzimmers, wirft einen Blick auf

auf den mit Blumen bekränzten Sessel und auf seine festlich gekleideten Kinder) Liebe Eulalia, erkläre mir —

Eulalia. (für Freude schluchzend) "Dein Geburtstag, lieber Mann!

Meinau. Mein Geburtstag? Ihr guten Seelen! (er umarmt sie wechselsweise, sie ziehen ihn sanft auf den Sessel. Wilhelm stellt sich an die eine Seite, Malchen an die andere.)

Meinau. Nun, was soll das werden?

Wilhelm. Lieber Papa,
 der Wilhelm ist da,
 die Hand dir zu küssen,
 dich freundlich zu grüssen.

Malchen. Lieber Papa,
 auch Malchen ist da,
 die Hand dir zu küssen,
 dich freundlich zu grüssen.

Wilhelm. (ihm seinen Blumenstrauß reichend:)
 Nimm diese Blumen
 von uns beyden,

und

und mögen dir Freuden,
immer grün,
wie diese Blumen blühn,

Malchen. Nimm auch von mir,
wir bringens dir.
so gut wirs haben,
laß unsre Gaben
und unser Lallen
dir wohlgefallen.

Beyde. (mit gefalteten Händen gen Himmel blickend.)
Und Herr der Welt!
wenn unser Lallen
auch dir gefällt,
so kehre noch oft
der Tag zurück!
der Mutter Freude!
der Kinder Glück!

Franz. (sich die Augen trocknend) Amen!

Meinau. (sanft bewegt, umarmt stumm seine Kinder. Dann springt er auf und drückt Eulalien heftig an seine Brust.)

Sieben.

Siebente Scene.

Vorige. Horst (aus dem Kabinet, umarmt Meinau von hinten.)

Meinau. Gott! Horst! auch du hier? — Gute Eulalia! welche Freude hast du mir bereitet. (stumme Umarmungen) Schon lange lieber Horst, machtest du mir Hoffnung, dich wieder zu sehen, aber so bald hatte ich dich nicht erwartet.

Horst. Auch war es nicht mein Vorsatz, denn über Hals und Kopf habe ich meine kleinen Geschäffte ordnen und beendigen müssen. Zwey Monate später wollte ich hier eintreffen, aber deine liebe Frau — werde nur nicht eifersüchtig — hat schon seit einem halben Jahre heimlich Briefe mit mir gewechselt, und mich auf diesen Tag hieher beschieden, weil sie hoffte, meine Gegenwart werde die Freude dieses Tages erhöhen. Dein alter Freund ist endlich so
eitel

eitel gewesen, das zu glauben, und sieh, hier ist er.

Meinau. Vergebt mir, ihr Lieben! wenn meine Freude stumm ist. Ihr habt mich so schön überrascht — ihr habt mich so weich gemacht — Alter Franz! (er schüttelt ihm die Hand) auch deine Thräne ist mir nicht entgangen. — Geht! Kinder, geht! laßt mich einen Augenblick allein. Nur du Horst, bleibe bey mir. Wir haben uns so lange nicht gesehen; aber wirst du mir verzeihen, wenn ich dir gestehe: ich habe dich selten vermißt?

Horst. Immerhin! entbehren kann man wohl zuweilen einen Freund, aber zuviel ist er nie.

Meinau. Nein, warlich, nein!

Eulalia. Wir essen diesen Mittag im Grünen, wenn dirs recht ist.

Meinau. Ey freilich ist mirs recht.

Eulalia. So komm Franz! laß uns den Tisch bereiten unter den drey großen Linden.

Die

Die Kinder. (hüpfen) Wir auch mit liebe Mama! wir wollen auch helfen. (Eulalia, Franz und die Kinder ab.)

Achte Scene.
Meinau und Horst.

Meinau. Noch einmal komm an dieses Herz! nur du hast meinem Glücke noch gemangelt.

Horst. Lieber Meinau! so finde ich in dir ganz den Alten wieder?

Meinau. Meinen Namen und meinen Kummer habe ich in Deutschland gelassen. Ja Bruder! ich bin wieder der, den du im Elsaß kanntest. O Gott sey Dank! ich bin mehr als jener! Hast du im Elsaß je Freudenthränen in meinem Auge gesehen? Sieh her! o das ist nicht die erste, die ich in dieser glücklichen Einöde vergieße.

Horst. (betrachtet ihn stumm, aber innige Freude glänzt auf seinem Gesichte.)

Mein-

Meinau. Aber du guter Horst, wie ist es dir ergangen in den beyden Jahren unserer Trennung? Du hast abgenommen, bist mager geworden, hast du Verdruß gehabt?

Horst. Je nun, wie es zu gehen pflegt in diesen fieberhaften Zeiten. Im Orient wütet die Pest, und bey uns die Freiheit. Von der Freiheit ist in unsern Tagen noch Niemand fett geworden. Wir tragen nur das Wort im Munde; dir hat die Göttin ihren Namen mit leserlichen Zügen auf die volle Wange, in das heitre Auge geschrieben. Deine Gestalt ist blühender, denn jemals.

Meinau. Ja ich bin glücklich! — ich bin sehr glücklich!

Horst. So habe ich einst wahr gesprochen? „An Eulaliens Seite darf man „kühn der Einsamkeit sein Leben weihen?"

Meinau. Wohl hast du wahr gesprochen. Auf dieser kleinen Insel bin ich König!

nig! und im Herzen meines Weibes bin ich König! mehr als König! denn für mich geschieht alles aus Liebe — nichts aus Pflicht. — O wie ist in diesem Augenblick mein Herz so voll! Ja die Freude begehrt noch heftiger sich mitzutheilen als der Kummer. Meinen Kummer konnte ich einst in mir verschließen, nicht so meine Freude, mein Gränzenloses Glück! — Bruder! wo soll ich anfangen? Wo soll ich enden? — Ein gutes Weib — o Gott! was kannst du dem noch dort geben, dem du hier ein gutes Weib gabst!

Horst. Süße Begeisterung!

Meinau. Wenn ich nach einem ruhigen Schlummer des Morgens erwache, so erwacht mit mir der Gedanke an einen frohen Tag. Eulalia ist dann gewöhnlich schon aufgestanden, und hat während meines Morgenschlummers sich der kleinen häuslichen Sorgen entladen. Ich öffne mein Schlafzimmer, niedlich und reinlich gekleidet

kleidet tritt sie mir entgegen, an jeder Hand eines meiner Kinder, von ihr gewaschen und angezogen. Ehemals pflegte ich, sobald ich die Augen aufschlug, immer zuerst durchs Fenster zu schielen, ob der Himmel heiter sey und die Sonne scheine? O wo ein gutes Weib im Hause ist, da scheint die Sonne immer! Wenn sie mit einem süßen Lächeln mir entgegen kömmt, so sehe ich nicht den trüben bewölkten Himmel, und höre nicht, wenn der Regen an mein Fenster schlägt. Dort auf den Sofa setze ich mich hinter den Theetisch, neben mir sitzt Eulalia, da mein Wilhelm, und dort mein Malchen. Da trinken wir und essen, und plaudern und vergessen uns, recht als ob die ganze Welt uns zugehörte, und wir allein drinn wohnten. — O Bruder! du kannst nicht glauben, wie lieb mir jenes Plätzchen ist —. da sitzen wir auch in langen Winterabenden, und lesen, und spielen Schach, und tändeln mit unsern Kindern,

oder

oder tändeln kindisch mit uns selbst. Da haben wir so manche Gedanken, so manche Empfindungen gegen einander ausgetauscht. Immer fand ich meine Seele in der ihrigen wieder, nur sanfter und gebildeter.

Horst. Warlich Meinau! du kannst Weiberfeinden Vorlesungen halten.

Meinau. Nach dem Frühstück gehe ich hinaus aufs Feld, denn ich bin Landmann geworden. Mein Franz und ich, wir sind ein paar gewaltige Oekonomen. Alles was in diesem Fache geschrieben wird, lassen wir uns aus Zürch kommen, und lesen und stellen Versuche an, die uns denn oft gar jämmerlich mißglücken; aber manches gelingt auch, und das macht uns Freude. O ich könnte dir Tagelang erzählen, wie wir stehn, und über einen Riß zu einem neu erfundenen Pflug oder Dreschmaschine disputiren, bis wir denken es erwischt zu haben, dann zimmern wir selbst und bauen selbst, und sind so emsig,

emsig, haben auch wohl oft die Rech-
nung ohne den Wirth gemacht, wenn das
Ding fertig ist, taugt es nicht, o das
macht uns keinen Kummer, wir fangen
von vorne wieder an, und haben neue
Freude. Eulalia steht dann oft neben
uns mit ihrem Strickstrumpfe, lacht oder
lächelt, schilt oder lobt uns. — O Horst!
Horst! tritt in unsern Cirkel, wenn dirs
Ernst ist zu leben.

Horst. Das will ich Bruder! das
will ich!

Meinau. Des Mittags erwartet uns
ein frohes ländliches Mahl, von ihren
Händen zubereitet, und ein jeder bringt
ein fröhliches Gesicht und braven Hunger
mit zu Tische. Da wird in der ersten
Viertelstunde wenig oder nichts gesprochen,
weil der Kohl und die Kartoffeln uns
den Mund stopfen; aber in der zweyten,
wenn unser Schweizerkäse auf den Tisch
kömmt, und mein Malchen mir ein gut

C 2   Glas

Glas Wein credenzt, dann löst sich die Zunge, und froher Scherz, auf Niemands Unkosten, würzt die Früchte, die der Nachtisch uns beut. Oder ich pflege auch wohl meine Kinder zu examiniren, was sie gelernt haben, — verstehst du Bruder, von der Mutter gelernt haben, denn nur sie ist ihre Lehrerin — und da finde ich denn gewöhnlich, daß sie zum Beyspiel von der Naturgeschichte eben soviel wissen als ich, und von der Weltgeschichte — mehr als ich. Oder sie überraschen mich durch die besten Stellen aus den Deutschen und Französischen Dichtern, die sie nicht herplappern, denn das feine Gefühl der Mutter ging früh in die Kinder über. Auch auf dem Klaviere klimpert mein Malchen schon recht artig, und auch das hat sie von ihr. Ach! alles haben sie von ihr! und ich habe alles durch sie! Mit Zauberbanden hat sie mich ans Leben gefesselt, an welchem ich vormals nur mit schwachen Fäden hieng. Ich kenne und

und weiß nichts beſſers, als leben! leben! ſo leben. Gieb mir Zeugniß Horſt, wie wenig ich ſonſt, mitten unter unſern Freuden, den Tod gefürchtet habe, und jetzt zittere ich vor ihm!

Horſt. Glücklicher Mann! Gott ſey Dank! daß dein gutes raſches Herz dich nicht irre führte.

Meinau. Ja ich zittre vor dem Tode! Es ſind nun gerade acht Monate, als ich mir durch eine heftige Verkältung auf der Jagd, ein ſtarkes Fieber zugezogen hatte. Ich fühlte wohl, ich ſey ſehr krank. Zwey Jahre vorher wäre der Tod mir ein willkommener Freund geweſen, und nun — o Bruder! Alles, was ich dir bis jetzt erzählte, iſt Kleinigkeit, wenn ich dir Eulalien als Krankenwärterin aufſtelle. Mag immerhin der Mann in geſunden frohen Tagen die Tugenden des Weibes verkennen, ſey ſein Herz ſo hart und ſtörriſch, als es immer wolle, in kranken Tagen preßt doch gewiß eines

C 3 Wei-

Weibes sanfte Milde ihm das Geständniß ab: es ist nicht gut, daß der Mensch allein sey! Wenn Eulalia neben meinem Bette saß, und nicht von mir wich, mir Arzeneyen reichte und Servietten wärmte, und das Kopfkissen mir zurechte zog; wenn sie in meinen matten Blicken ängstlich nach Tod oder Genesung spähte; wenn eine verschluckte Thräne ihre Furcht verrieth, und ein erzwungenes Lächeln mir Hoffnung log, wenn sie mit ihren Kindern in einer Ecke kniete, und mit Engelinbrunst mein Leben von Gott erfleht: — o Bruder! ihr laut danken konnte ich damals nicht, denn selbst ein leiser Händedruck ward mir Schwachen sauer; aber wie es mich innerlich erquickte, wie es meine Seele stärkte, und diese wiederum heilsam auf meinen Körper wirkte, nein, das läßt sich nicht in Worte fassen! (In dem er sich mit der Hand eine Thräne aus dem Auge wischt und darauf blickt:). Hier stehts geschrie-

geschrieben — (dann aufs Herz deutend) und hier! —

Horst. So mußt es kommen, das mußt' ich, ja davon war ich überzeugt, als ich vor zwey Jahren dir rieth, trotz dem was vorgefallen war —

Meinau. (ein wenig unwillig) Woran erinnerst du mich? Eulalia ist in ihren Kinderjahren einmal gefallen und hat hier auf der Stirn eine kleine Narbe nachbehalten, Eulalia ist aber doch schön, nicht wahr? Die Narbe ist verwachsen, oder ich zum mindesten sehe sie nicht mehr, habe nur Augen für ihre Reize, nur Gefühl für mein Glück —, doch Eines, Bruder, damit du alles wissest, Eines mangelt noch, und mischt zuweilen einen Tropfen Wermuth in meinen Freudenkelch

Horst. Und dieß Eine ist? —

Meinau. Daß Eulalia nicht ganz so glücklich ist als ich, daß sie dann und wann schwermüthig herumirrt, und ihr Auge nicht selten die Spuren vergossener Zähren trägt. O das ist mir um so peinlicher, weil ich ihren Kummer kenne, und nicht theilen darf; weil ich nicht einmal zu fragen wage: was fehlt dir liebe Eulalia? Weil ich gar kein Mittel weiß, dieß Gefühl endloser Reue endlich einmal in ihr zu ersticken.

Horst. Wenn nicht die Zeit —

Meinau. Die Zeit? Nein Bruder, das Gewissen hat keinen Begrif von Zeit. Sie fühlt sich mir ungleich. Sie wähnt, nicht die nemlichen Rechte an allen unsern Freuden zu haben. In jeder meiner Umarmungen scheint für sie eine Verzeihung zu liegen. Fühlst du, wie das arme Weib sich quält? — Wie auch mich das quält? — Glaube mir, wenn mir einmal der Kopf weh thut, so wage ich kaum ein verdrüßliches Gesicht zu machen, weil ich fürchte, ihr scheues Gewissen werde einen Vorwurf drinn lesen.

Neunte Scene.
Röschen. Vorige.

Röschen. (die schon seit einigen Minuten sich herein, und schüchtern herbey geschlichen hat) Gnädiger Herr —

Meinau. (ein wenig auffahrend) Was willst du? Hast du gehorcht?

Röschen. Ach! wenn ich immer gehorcht hätte, so stünde es jetzt besser mit mir.

Meinau. Besser?

Röschen. Vater und Mutter gehorchen bringt Seegen ins Haus.

Meinau. (lächelnd) Närrin! du hast nicht gehorcht?

Röschen. Leider nein! ich bin eine arme Wayse, meine Eltern starben in einer Woche, auf heil. Bartholomäus werden es schon (sie zählt an den Fingern) 1, 2, 3, 4, 5, 6 Jahre.

Meinau. Gut mein Kind. Aber, was willst du?

Röschen. J nu, heute ist des gnädigen Herrn Geburtstag —

Meinau. Und da willst du mir Glück wünschen? Ich danke dir.

Röschen. Nein, Glück wollt' ich wohl eigentlich nicht wünschen —

Meinau. (lächelnd) Nicht? Was denn? Unglück?

Röschen. Ach Gott behüte! weder Glück noch Unglück. Der gnädige Herr ist ja schon glücklich.

Meinau. Du hast Recht, das bin ich.

Röschen. Der gnädige Herr hat eine gnädige Frau, die er lieb hat, und die ihn lieb hat, und kein Mensch darf ein Wort drein reden.

Meinau. Ich begreife nicht, wo du hinaus willst.

Röschen. (mit niedergeschlagenen Blicken, indem sie mit dem Schürzenzipfel spielt) Wenn Conrad auch eine Frau hätte, die er lieb haben dürfte, so würde er auch glücklich seyn.

Mei-

Meinau. Mädchen, du schwatzest so verworren, als habest du nicht recht ausgeschlafen.

Röschen. O ja. Schon vor fünf Uhr war ich hier im Saale, und da habe ich auch mit ihm gesprochen.

Meinau. Mit wem?

Röschen. (stockend) Mit Conrad.

Meinau. Aha! nun merke ich, du bist verliebt?

Röschen. (verschämt) Ach ja!

Meinau. Und willst meine Erlaubniß haben?

Röschen. Ach nein!

Meinau. Nicht? Was denn?

Röschen. Ihre Verzeihung. Ich habe mich verliebt, ohne Ihre Erlaubniß.

Meinau. Nun, nun, das mag hingehen. Aber Conrad ist noch ein junger Laffe und du ein halbes Kind, ihr müßt warten.

Röschen. Conrad ist nicht so jung, als der gnädige Herr vielleicht denken.

Meinau. Nicht?

Röschen. Nein, gewiß nicht. Und warten wollten wir wohl gern, wenn es nur nicht zu spät wird.

Meinau. Nun ein paar Jahre —

Röschen. Ach! das ist zu spät!

Meinau. Zu spät?

Röschen. Ich meyne — weil wir so dumm gewesen sind — und haben nicht gewartet. — und hätten doch warten sollen —!

Meinau. Versteh ich recht, so —

Röschen. (verschämt) Ich weiß nicht was der gnädige Herr versteht.

Meinau. Du bist schon verheyrathet?

Röschen. Ach nein!

Meinau. Nur des Priesters Seegen fehlt dir noch?

Röschen. Ach ja!

Meinau. So, so.

Röschen. Ach ja!

Meinau. Das hast du dumm gemacht.

Rös-

Röschen. Ach ja!

Meinau. (versinkt plötzlich in tiefes Nachdenken)

Röschen. Und da habe ich gemeynt — und Conrad hat auch gemeynt — weil ich eine arme Wayse bin — und weil heute des gnädigen Herrn Geburtstag ist — der gnädige Herr wird mir das heute nicht so übel nehmen — und wird bey der gnädigen Frau ein gutes Wort einlegen — daß sie mich nicht aus dem Hause jagt — (weinend) weil ich — weil ich verhungern muß — und der arme Wurm auch — und weil ich ins Wasser springen muß — und der arme Wurm auch — (da sie sieht, daß Meinau nicht mehr auf sie hört, wendet sie sich ängstlich zu Horst:) Ach lieber Herr! der alte Franz sagt, Sie wären ein gewaltig guter Freund von unserm gnädigen Herrn, und er halte Sie so lieb; reden Sie doch ein Wörtchen zu meinem Besten, so will ich Sie auch recht lieb haben.

Horst.

Horst. Gern schönes Kind. Nun Meinau, ich hoffe du wirst der lieben Natur verzeihen, daß sie da einen ihrer gewöhnlichen Streiche gespielt hat.

Meinau. (Horst bei Seite ziehend) Sagte ich dir nicht vor wenig Augenblicken, Eulalia fühle sich mir ungleich, und das sey die Quelle ihrer Schwermuth?

Horst. Wie kömmst du jetzt darauf?

Meinau. Höre Röschen! dir soll verziehen seyn, ich will dich aussteuern, und deinem Conrad zum Weibe geben; aber unter einer Bedingung — —

Röschen. (will ihm die Hand küssen) Ach lieber gnädiger Herr!

Meinau. Halt! Halt! unter einer Bedingung sagte ich — —

Röschen. Gern, gern, wenn ich nur Conrads Frau werde.

Meinau. Du gehst diesen Augenblick zu meiner Frau, gestehst ihr was du mir gestanden hast, nennst aber, statt Conrad, mich!

Rös.

Röschen. (verblüfft) Wie?

Horst. Meinau! bist du toll!

Meinau. Laß mich! nun Röschen, hast du mich verstanden?

Röschen. So wahr ich ein ehrliches Mädchen bin, ich habe Sie nicht verstanden.

Meinau. Du sollst meiner Frau sagen, du seyst von mir verführt worden.

Röschen. Ach du lieber Gott! ich kann ja den gnädigen Herrn doch nicht heyrathen.

Meinau. Närrchen! davon ist ja auch nicht die Rede. Du sollst deinen Conrad heyrathen. Du sollst dich nur so stellen.

Röschen. Aber das ist ja gelogen?

Horst. (bey Seite) Eine edle Lüge!

Meinau. Die Sünde nehme ich auf mich.

Röschen. Nun freylich, der gnädige Herr wird wohl einmal mehr bey dem lieben Gott gelten, als ich arme Wayse. Aber wird

wird denn die gnädige Frau sich nicht betrüben?

Meinau. Das ist meine Sorge. Nun willst du? Entweder du lügst und wirst Conrads Weib; oder du sagst die Wahrheit, und wirst aus dem Hause gejagt. Entschließe dich.

Röschen. Je nun, wenn ich die Lüge einmal dort verantworten sollte, so wollte ich doch lieber die Wahrheit sagen. Aber weil der gnädige Herr die Sünde auf sich nehmen will — so mags drum seyn.

Meinau. Wohlan! unterrichte auch deinen Conrad, daß er ja nicht plaudere. — Nun Horst, was meynst du? das, denke ich, soll ihr Gleichheit und Ruhe wieder geben.

Horst. Wunderlicher Mensch! deine Absicht ist gut, aber du vertauschest doch nur einen Stachel gegen den Andern, und du kennst die Weiber nicht, wenn du glaubst, daß dieser letztere weniger blutig verwunde.

Mei-

Meinau. Nicht doch du Weiberfeind! ich kenne Eulalien und weiß was ich thue. Komm, begleite mich hinaus aufs Feld, daß wir ihr aus dem Wege gehen, und dem Mädchen Zeit laffen, ihre Geschichte anzubringen. (zu Röschen) Mache deine Sachen gut, so feyern wir in Acht Tagen deine Hochzeit (ab mit Horst.)

Zehnte Scene.

Röschen (allein)

In acht Tagen Hochzeit? Hi! hi! hi! ey meinetwegen Morgen schon. — Aber der gnädige Herr ist doch auch an seinem Geburtstage gar zu wunderlich. Er muß gewaltig viel Lust haben, sich mit der gnädigen Frau zu zanken, weil er durchaus will, daß ich sie gegen ihn aufhetzen soll. Gewiß wird sie sich recht sehr betrüben — und sie ist so gut — ach! da werde ich herausplatzen müssen. — Ey Gott bewahre! wo bliebe dann die Hochzeit? Er mag selbst sehen, wie er es wieder gut bey ihr macht.

D   Eilfte

Eilfte Scene.

Röschen. Conrad. (tritt schüchtern herein)

Röschen. (fliegt ihm entgegen.) Conrad! was giebst du mir für eine gute Nachricht?

Conrad. Heraus damit liebes Röschen! seit einer Stunde ist mir die Kehle zugeschnürt. Ich wollte auf den Anstand gehen, aber es zog mich bey den Haaren zurück.

Röschen. Armer Schelm!

Conrad. Mein Morgenbrod habe ich noch in der Tasche, ich kann keinen Bissen hinunter schlucken.

Röschen. Je nun, desto besser werden dir die Hochzeitskuchen schmecken.

Conrad. Die Hochzeitskuchen?

Röschen. Was er für Augen macht. läuft dir der Mund voll Wasser?

Conrad. Nach dem Kuchen eben nicht.

Röschen. Aber nach der Hochzeit?

Conrad. I nun freylich. Sprich doch Röschen, ists Ernst?

Rös-

Röschen. Ja, ja, ja! es ist purer klarer Ernst. Eben ging der gnädige Herr fort, und da habe ich mit ihm gesprochen.

Conrad. Wie er fortgegangen war?

Röschen. Dummer Junge! wie er noch da war.

Conrad. Du! schimpfe nicht!

Röschen. Sieh, hier stand der gnädige Herr, und hier stand der fremde Herr, und hier stand ich.

Conrad. Der Fremde war auch dabey?

Röschen. Ja, er nannte mich schönes Kind.

Conrad. Schönes Kind? ey! ey!

Röschen. Er sprach auch noch Allerley, das ich nicht verstand.

Conrad. Allerley? ey! ey! laß doch das allerley hören.

Röschen. Zum Exempel, er sprach von der Natur, die hätte einen Streich gespielt.

Conrad. Die Natur? (er stemmt beyde Arme in die Seite) Hör einmal! was wollt' er denn damit sagen?

Röschen Ja, das weiß ich nicht.

Conrad. Ja, ja, ich merke es wohl. Aber (eine Bewegung mit den Fäusten machend) das sage ich dir Röschen, ich leide es nicht!

Röschen.. Was leidest du nicht?

Conrad. Daß — daß die Natur Streiche spielt.

Röschen. Sey nicht wunderlich, lieber Conrad; die Natur soll dir nichts zu leide thun. Kurz und gut, der gnädige Herr hat uns vergeben und versprochen, mich auszusteuern, und über acht Tage soll die Hochzeit seyn. Aber unter einer Bedingung.

Conrad. Eine Bedingung? Laß hören!

Röschen. Ich soll der gnädigen Frau eine Nase drehen, hi! hi! hi!

Conrad. Eine Nase?

Röschen. Ja, verstehst du, ich soll ihr was aufbinden, und du sollst immer ja dazu sagen.

Conrad. Ja? Weiter nichts?

Röschen. Weiter gar nichts.

Conrad. Sag' an! was ist das, wozu ich ja sagen soll?

Rös

Röschen. Stille! stille! ich höre die gnädige Frau auf der Treppe. Laß mich nur machen Conrad. Du magst indessen dort in die Ecke treten und zuhorchen, und nicht ein Wörtchen reden, bis du gefragt wirst, und wenn du gefragt wirst, so sage nur immer Ja.

Conrad. (indem er sich in die Ecke neben der Thür stellt) Ein curioser Handel.

Zwölfte Scene.

Eulalia. Vorige.

Conrad. (macht ihr, als sie hereintritt, eine tiefe Verbeugung, und zearbeitet nachher, während der ersten Hälfte der Scene, seinen Hut)

Eulalia. Nun Röschen, du bist ja sonst flink genug, wie kommts, daß man dich heute suchen muß?

Röschen (seufzt tief.)

Conrad. (eben so.)

Eulalia. Du seufzest? und auch du Conrad?

Conrad. (verbeugt sich und sagt:) Ja.

Eulalia. Aber warum?

Conrad. Fragen Sie nur Röschen.

Eulalia. (zu Röschen) Rede ohne Scheu. Du weißt ja wohl, daß ich kein Popanz bin.

Röschen. Ach es hat mir schon lange auf dem Herzen gelegen, aber ich habe die gnädige Frau so lieb, und da habe ich es nicht sagen wollen, weil die gnädige Frau sich betrüben, und mich nicht mehr lieb haben wird. Ach Gott! nun kann ich es nicht länger verbergen.

Eulalia. Was denn?

Röschen. (weinend) Ich — ich bin verführt worden.

Eulalia. Du? Armes kleines Ding! und wer ist denn dein Verführer? Steht er dort in der Ecke?

Conrad. (macht eine Verbeugung und sagt:) Ja.

Röschen. Nein, der ist es nicht, der soll nur mein Mann werden.

Eulalia. Nur dein Mann? Ist das wahr, Conrad?

Conrad. Ja.

Eulalia. Nun Röschen, darf ich den Namen deines Verführers wissen?

Rös-

Röschen. Ach die gnädige Frau wird böse werden.

Eulalia. Warum mehr als ich es jetzt schon bin? Was kümmert mich am Ende der Name deines Buhlers? Nur um deinetwillen, um dir Recht zu schaffen, verlange ich ihn zu wissen.

Röschen. (stockend) Der — der gnädige Herr —

Eulalia. Was hat der mit der Sache zu schaffen?

Röschen. Ey er ist es eben — er ist mein Verführer.

Eulalia. (fährt heftig zusammen. Nach einer Pause, in welcher ihr Gesicht den Kampf verschiedner Leidenschaften ausdrückt, mit fester Stimme:) Du lügst.

Röschen. Nein, nein, es ist wahr, der gnädige Herr hat es mir selbst gesagt.

(Wieder eine Pause. Man überläßt es der Schauspielerin, diese Situation durch ihr Gebehrdenspiel zum treuen Gemählde zu machen.)

D 4   Eula-

Eulalia. Es ist wahr? — Es kann nicht wahr seyn! — und doch — das Mädchen ist so einfältig — keiner so schwarzen Lüge — überhaupt keiner Lüge fähig. — Warum zittre ich? — das hat mich gewaltig überrascht — die Situation ist mir so neu — wie soll eine gute Frau sich benehmen? — Wie muß Eulalia sich benehmen? — O nur eine einsame Stunde! um mein Herz zum Schweigen zu bringen, und einig mit mir selbst zu werden. — Soll ich tiefer in dieß Geheimniß dringen? Soll ich nach Umständen und Veranlassungen forschen? Nein! nein! es ist nun einmal so! — es sey! — sieh da Thränen — was rollt ihr? — Warum fließt ihr? — Weiß ich doch selbst nicht, was ich empfinde. (zu Röschen) Und an Conrad, sagst du will der Herr dich verheyrathen?

Röschen. Ja an Conrad, wenn die gnädige Frau es erlaubt.

Eula-

Eulalia. O ich erlaube es — und du sollst bey mir bleiben. Dein Kind will ich erziehen lassen — selbst erziehn.

Conrad. (der seit der falschen Entdeckung seinen Unwillen und seine Ungeduld auf mancherley Art zu erkennen gegeben, bricht jetzt hervor und platzt heraus:) Nein Röschen, nein sieh, das taugt nicht! da mag der Henker ja sagen.

Röschen. So sey doch still du Narr! der gnädige Herr nimmt Alles auf sich, in diesem und in jenem Leben.

Conrad. Ey gehorsamer Diener! ich bin ehrlicher Leute Kind, und bin selbst ein ehrlicher Bursch; das leide ich nicht.

Eulalia. Was habt ihr?

Conrad. Pfui Röschen! daß du sehen kannst wie die gute gnädige Frau weint.

Eulalia. (ein Lächeln erzwingend) Träumst du? Worüber sollt ich weinen? Was da vorgefallen ist, habe ich längst gewußt, der Herr hat mirs selbst gesagt. Das ist natürlich. Ich stellte mich nur unwissend um um zu verſuchen, ob Röschen mir die Wahrheit ſagen würde.

Conrad. Nein, gnädige Frau, das iſt, mit Reſpekt zu melden, nicht wahr, weil der gnädige Herr das nicht geſagt haben kann, und weil Röschen, mit Urlaub zu reden, gelogen hat. Ja zupfe du nur, und zwinkre du nur. Eine Lüge taugt nun und nimmermehr, und dieſe Lüge iſt eine der ſchlechteſten, die ich in meinem Leben gehört habe. — Sieh doch! meynt denn das Jüngferchen, ich könnte ſie noch heyrathen, wenn auch nur eine Chriſtenſeele auf der Welt wäre, die da glaubte — (unwillig und verächtlich) ich könnte zum Deckel dienen? — Pfui! Conrad iſt arm, aber Armuth und Ehre wohnen auch wohl unter einem Dache.

Röschen. Ja, lieber Conrad, wenn du es ſo nimmſt. Sey nur nicht böſe.

Conrad. Ey was! da müßte eine Taube zum Geyer werden.

Eula-

Eulalia. Kinder, so redet doch! ich begreife euch nicht.

Conrad. Je nun, sie hat gelogen. Ich, ich allein habe den dummen Streich gemacht, und wenn der gnädige Herr und die gnädige Frau erlauben, so will ich ihn auch wieder gut machen.

Eulalia. (zu Röschen) Du hast gelogen?

Röschen. Ja.

Eulalia. Schämst du dich nicht, deinen guten Herrn zu verleumden? Pfui! das hätte ich dir nicht zugetraut.

Röschen. Der gnädige Herr hat mirs selbst befohlen.

Eulalia. Selbst befohlen?

Röschen. Ja, er sagte, nur unter dieser Bedingung soll um acht Tage meine Hochzeit mit Conrad seyn.

Eulalia. (nach einer Pause, wie aus einem Traum erwachend) Ha! ich begreife dich edler Mann! (ihre Thränen stürzen hervor) ich

ich begreife und fühle, warum du so handeltest. — Geht Kinder! geht! laßt mich allein.

Röschen. Aber — nun wird der gnädige Herr böse auf mich seyn.

Eulalia. Ich will das schon wieder gut machen. Geht! auf den Sonntag ist eure Hochzeit.

Beyde. (Ihr die Hände zerküssend) Auf den Sonntag?

Röschen. Ach die liebe gnädige Frau!

Conrad. Juchhe Röschen! (sie laufen Arm in Arm fort.)

Dreyzehnte Scene.
Eulalia (allein.)

Wie ist mir geschehen! Noch kann ich weder denken noch empfinden. Eines verdrängt das Andre. Ha! diese edle Lügel dieses freywillige Bücken, um mich glauben zu machen, auch er trage schwer — weiß er weiß, wie dem armen Lastträger seine Bürde

Bürde leichter wird, wenn ein anderer neben ihm trägt — ach ja! es ist schön und edel! aber — gesteh es nur Eulalia — es ist dir doch lieb, daß es nur eine Lüge war?

Vierzehnte Scene.
Meinau. Horst. Eulalia.

Eulalia. (an Meinaus Hals fliegend und ihn heftig umarmend) O Meinau! lieber, edler Meinau.

Meinau. (ihre Umarmung erwiedernd) Was ist dir Eulalia? Woher dieser feurige Ausbruch deiner Zärtlichkeit?

Eulalia. Lies meinen Dank in dieser Thräne.

Meinau. Dank? Wofür?

Eulalia. Röschen ist bey mir gewesen.

Meinau. (sich stellend als ob er erschrecke) Röschen?

Eulalia. O erschrick nicht, lieber Meinau! Werde nicht um meinetwillen zum Schauspieler, ich weiß Alles.

Meinau. Was weißt du?

Eula-

Eulalia. Die großmüthige Lüge meines edlen Gatten.

Meinau. (nun wirklich erschreckend.) Das dumme Ding!

Eulalia. Nicht Röschen, lieber Meinau, sondern Conrad, der brave Bursche, der seine Ehre für gekränkt hielt, und nicht ja sagen wollte zu der seltsamen Erfindung deiner Großmuth. — O ich danke dir deine Liebe! aber laß dem Himmel seine Gerechtigkeit. Ich kann und darf nit ganz glücklich werden! und was wäre auch die Tugend wenn es anders wäre! habe ich vielleicht durch innige Reue und Buße manches wieder gut gemacht, nun so ist mir das auch vergolten worden, denn Alles außer mir lächelt mir Freude, ich habe nur einen Feind und den trage ich in mir. — Daß Gott ein reines Glück nur an ein reines Gewissen band, o das ist gerecht und gut! wie dürft ich murren! — Beruhige dich, mein Lieber! ich bin so glücklich als ich werden konnte, und wenn mein Gemahl und meine Kinder

mir

mir einst auf meinem Todtenbette das Zeugniß ertheilen, daß seit jener unglücklichen Stunde, ich nie wieder meine Pflicht vergaß. Nun so wird einst vielleicht jener gnädige Richter aus den Jahren meines Lebens, die dort verzeichnet stehen, den Tag wegstreichen, der mich als Verbrecherin herumirren sah. — bis dahin, lieber Meinau, laß uns froh seyn, wie bisher, und wenn du einmal eine kleine Wolke auf meiner Stirn erblickest; so sieh weg, thu nicht, als ob du es bemerktest.

Meinau. (sie zärtlich traurend an sein Herz drückend) Eulalia könnte mich so ganz glücklich machen — und will nicht!

Eulalia. Sie will — sie konnte einst — sie kann nicht!

Horst. Du bist ganz glücklich lieber Meinau, und auch Sie Eulalia. Das fühlt mit frohem Entzücken der Freund, der euch liebt als seine Geschwister. Ich mag mich nicht mehr von euch trennen. In mein Patent will ich Blumensaamen wickeln, und dieses Ordenskreuz

kreuz an die nächste Eiche hängen. Nehmt mich unter euch auf! laßt mich unter euch zum alten Hagestolz werden! Ich will mit Meinau säen und pflanzen, mit Eulalien schwärmen, und mit euren Kindern spielen.

Meinau (ihm die Hand schüttelnd) Ich halte dich beym Wort, lieber Horst! Aber eins fehlt noch: du mußt ein gutes Weib dir suchen.

Horst. (auf den Degen schlagend) Dieß war mein Weib. (er nimmt den Degen von der Seite und legt ihn auf den Tisch.) Ich scheide mich von ihr — und fliehe in eure Arme! (Alle drey umarmen sich.)

Der Vorhang fällt.